La talentosa Clementina

La talentosa Clementina

Sara Pennypacker

Traducción de María del Mar Ravassa
Ilustraciones de Marla Frazee

GRUPO EDITORIAL norma

http://www.librerianorma.com
Bogotá, Barcelona, Buenos Aires, Caracas,
Guatemala, Lima, México, Miami, Panamá,
Quito, San José, San Juan, San Salvador,
Santiago de Chile, Santo Domingo.

Pennypacker, Sara
    La talentosa Clementina / Sara Pennypacker ; traducción María del Mar Ravassa; ilustradora Marla Frazee. -- Editor Ana María González Sanz. -- Bogotá: Grupo Editorial Norma, 2009.
    150 p. : il. ; 20 cm.-- (Colección torre de papel. Torre roja)
    ISBN 978-958-45-1676-3
    Título original : The Talented Clementine
    1. Cuentos infantiles estadounidenses 2. Humorismo - Cuentos infantiles
I. Ravassa, Maria del Mar, tr. II. Frazee, Marla, il. III. González Sanz, Ana María, ed. IV. Tít. V. Serie.
I813.5 cd 21 ed.
A1196995

CEP-Banco de la República-Biblioteca Luis Arango

Título original en inglés:
The Talented Clementine
de Sara Pennypacker

Texto © 2007 Sara Pennypacker
Ilustraciones © 2007 Marla Frazee
Publicado originalmente en los Estados Unidos y Canadá por Disney-Hyperion Books como THE TALENTED CLEMENTINE.
Traducción publicada en acuerdo con Disney.
© 2009 Editorial Norma
    Avenida El Dorado No. 90-10, Bogotá, Colombia

Primera edición: febrero de 2009

Impreso por: Nomos Impresores
Impreso en Colombia

www.librerianorma.com

Traducción: María del Mar Ravassa
Ilustraciones: Marla Frazee
Edición: María Candelaria Posada y Ana María González Sanz
Diagramación y armada: Blanca O. Villalba
Elaboración de cubierta: Patricia Martínez Linares

C.C. 26000619
ISBN: 978-958-45-1676-3

Contenido

Para Steven Malk y Donna Bray,
mi agente y mi talentosa editora,
quienes supieron antes que yo.

—S.P.

Para Mark Frazee, mi hermano
mayor, quien probablemente cree que
esto de dedicar libros es una estupidez.

—M.F.

Capítulo 1

Me he dado cuenta de que los profesores confunden mucho *emocionante* con *aburridor*. Pero cuando mi profesor dijo: "Niños, vamos a hablar de un proyecto emocionante", de todas maneras puse atención.

—La escuela va a recaudar dinero para la gran excursión de verano —dijo—. Los de primero y segundo van a hacer una venta de pasteles. Los de quinto y sexto van a lavar automóviles. Y los de tercero y cuarto van a... ¡hacer una demostración de talentos!

Todos los niños hicieron ruidos como si pensaran que una demostración de talentos era algo emocionante. Excepto yo, porque NO lo era, *no*.

Pero bueno, lo admito, tampoco era algo aburridor.

En ese momento, la profesora de Margarita se acercó a la puerta a hablar con mi profesor, lo cual me gustó porque me dio un minuto para pensar.

—A los viejos les encanta darle palmaditas en la cabeza a mi hermanito —dije yo cuando mi profesor volvió a entrar en el salón—. ¿Qué tal si ponemos una caseta y les cobramos unos centavos por hacerlo, en vez de hacer una demostración de talentos?

Pero el profesor no me hizo caso. Esto se llama Seguir con los temas del día, cuando el profesor lo hace, y Ser desconsiderado, cuando uno lo hace.

—Niños, a uno de los de cuarto grado se le ha ocurrido que a nuestra demostración la llamemos "¡Cazatalentos, Noche de estrellas!" —dijo.

La de la idea tenía que ser esa Margarita.

—Primero tendremos que conformar un grupo de ayudantes para hacer los carteles... —dijo mi profesor.

Y fue en ese momento cuando esa sensación de preocupación me comenzó en el cerebro, como si alguien estuviera haciéndome garabatos con un enorme lápiz negro.

Mi profesor siguió con lo de la lista de ayudantes. El garabateo se hizo más intenso y más rápido y me bajó al estómago. Yo sabía lo que esto quería decir.

Levanté la mano.

—Sí, ¿Clementina? ¿Quieres estar en el grupo de ayudantes para los refrescos?

—No, gracias —dije con suma cortesía—. Lo que quisiera es ir a la oficina de la directora Gamba.

—Clementina, no hay necesidad de que vayas a ver a la directora —dijo mi profesor—. No estás en problemas.

—Pues, es cuestión de tiempo —le dije.

El profesor me miró como si de repente no se hubiera dado cuenta de cómo había llegado yo a su salón de clase. Pero después suspiró profundamente y dijo: —Está bien —y yo me levanté.

Al salir, los mellizos Maya hicieron un gesto de aprobación que me hizo sentir que no estaba sola, aunque sus caras reflejaban lo que pensaban: "Gracias a Dios no estamos metidos en esto", lo cual me recordó que yo sí lo estaba.

Caminé por el pasillo con piernas temblorosas y cuando toqué a la puerta me temblaban los nudillos.

—Adelante —dijo la directora. Cuando vio que se trataba de mí, extendió la mano para que le diera la nota que supuestamente le enviaba

mi profesor. En esta estaría especifi-
cado qué tipo de charlita debíamos
tener. Ya habíamos hecho esto muchas veces.

Sin embargo, hoy simplemente me
senté en la silla y le lancé la pregunta:

—¿Quiénes son más inteligentes,
los chimpancés o los orangutanes?

—Esa es una pregunta muy intere-
sante, Clementina —dijo la directora

Gamba—. Tal vez se lo podrías preguntar al profesor de ciencias después de que me cuentes qué estás haciendo aquí.

—También me he estado preguntando cuál es la diferencia entre *destrozarse* y *estrellarse*.

La directora Gamba me pasó su diccionario.

Y de repente ya no quise saber más. ¡Ese es el milagro de los diccionarios!

—Bueno, ¿y qué tal si lo pones en el piso para que puedas descansar los pies en él en vez de darle puntapiés a mi escritorio? —sugirió la directora Gamba—. Parece que tienes los pies muy inquietos hoy.

Así era, y era un alivio.

—Gracias —le dije—. No tengo talentos.

—¿Perdón?

—No tengo talentos —repetí.

La directora Gamba me miró por un buen rato y después dijo: "Oh".

Después le dije que eso era todo, y me fui.

Cuando me bajé del autobús, encontré a Miguel, el hermano de Margarita, sentado en las escaleras de nuestro edificio de apartamentos.

—¿Qué te pasa, Clementina? —me preguntó inmediatamente. Supongo que la preocupación todavía se me veía en la cara.

Le pasé el estúpido folleto que mi profesor nos había dado para que lo trajéramos a casa.

—"¡Cazatalentos, Noche de estrellas! ¡Comparte tus talentos el próximo sábado por la noche!" —leyó. Después me devolvió el estúpido folleto.

—Y entonces, ¿cuál es el problema? —me preguntó.

Me le acerqué, pero no demasiado, para que no fuera a creer que trataba de ser su novia, que no lo soy, y le conté el problema en voz baja.

—No puedo oírte —dijo él.

Así que se lo volví a contar pasito.

—Sigo sin oírte —dijo él.

Entonces se lo dije a gritos.

—Eso es imposible. Todos tenemos algún talento —dijo él.

—Yo no.

—¿No cantas?

—No canto.

—¿No bailas?

—No bailo.

—¿No tocas ningún instrumento?

—No toco ningún instrumento.

Miguel se quedó callado por un minuto.

—¿Tampoco saltas en un solo pie?

—Tampoco —contesté.

—Todo el mundo puede saltar en un solo pie —dijo Miguel.

—Pues yo no —y entonces se lo probé.

—¡Caramba! —dijo Miguel, dos veces.

Me senté en la escalera a su lado, excepto que me caí, porque mi cuerpo estaba un poco confundido después de tratar de saltar.

—¿Ves? —le dije—. Ni siquiera puedo sentarme. Es imposible.

—Tal vez no sea así. Anímate. Es posible que tengas un gran talento que aún no hayas descubierto.

Le di a Miguel una sonrisa de "¿Ves? ¡Ya estoy animada!", pero en realidad no era más que mi boca la que fingía estarlo.

Capítulo 2

A la mañana siguiente, Margarita se sentó a mi lado en el autobús, como siempre. Nunca lo había notado antes, pero tenía mucho talento para sentarse: el vestido se le quedaba en su lugar, como si estuviera pintado, y ni una hoja de papel se le salía de la mochila.

Esto me hizo recordar que debía arrastrarme por debajo del asiento, antes de llegar a la escuela, para recoger lo que se me había caído. Esto se llama Ser Organizada.

Los mellizos Maya se subieron en la siguiente parada y se sentaron adelante de nosotros. Se llaman Tutú y Lulú. La primera vez que oí esto, traté de que mis papás le cambiaran el nombre a mi hermano para que rimara con el mío. Les pregunté cómo les sonaba Blementino, Frementino o Solmentino, pero no dijeron nada, así que yo seguí llamándolo por nombres de vegetales, que son los únicos peores que el de una fruta, como el que me tocó a mí.

Lulú se dio la vuelta.

—Margarita, ¿qué vas a hacer en la demostración de talentos? —preguntó.

—Tengo demasiados talentos —gruñó Margarita, y agitó las manos alrededor de la cabeza como si sus talentos fueran moscas que debía espantar—.¡Cientos de talentos! ¡Me es imposible decidir!

Y era verdad. Margarita siempre estaba tomando clases: de clarinete, de francés, de ballet, de natación… de lo que a uno se le pudiera ocurrir, ella tomaba clases.

—¿Por qué no los exhibes todos a la vez? —le sugerí, lo cual se suponía que era un chiste, aunque admito que uno nada amable.

Pero Margarita no tenía el talento para reconocer un chiste.

—¡Maravillosa idea, Clementina! ¡Gracias!

Después de eso los mellizos Maya y yo tuvimos que aguantarnos durante cien horas mientras Margarita decidía qué talentos podrían acoplarse. Patinar en el hielo y tocar el acordeón probablemente no funcionaría; pero bailar zapateado y cantar sería fácil, y simultáneamente podría hacer el ula-ula. Además, podría tocar el tambor, si se lo colgaba del cuello. Y podría, también, dar un par de volteretas.

—Y ¡oigan esto! —gritó dándose una palmadita en la cabeza ante la maravillosa idea que acaba de ocurrírsele—. ¿¡Qué tal si entro al escenario montando a *caballo*!?

—Pues yo sólo tengo un talento, pero es estupendo —dijo Tutú, y levantó su lonchera—. Todo mi almuerzo, en la boca, a la vez.

—Eso lo haces todos los días —le recordé.

—Pero no lo he hecho en un escenario —me contestó.

Después me preguntó qué iba a hacer yo.

—Es una sorpresa —contestó mi boca sin que yo siquiera se lo dijera. Y no era mentira, porque si yo hacía algo en ese escenario el próximo fin de semana, desde luego que sería una sorpresa bastante grande.

Luego apreté firmemente la boca por el resto del viaje para que no fuera a hablar de más sorpresas.

Ya en la escuela, el profesor comenzó a hablar tan rápido del "Cazatalentos", que pensé que se trataba de una nueva última parte del juramento a la bandera.

—...con libertad y justicia para todos, y yo sé que todos tenemos mucha ilusión de comenzar nuestro gran proyecto —dijo. Así que no pude llevar a cabo mi plan secreto de hipnotizarlo para que se olvidara del asunto.

Afortunadamente, enseguida se me ocurrió otro plan realmente bueno. Levanté la mano.

—¿Sí, Clementina? ¿Quieres proponerte como ayudante de grupo?

—Quisiera decirle algo a usted —contesté, e hice una *P* mayúscula con los dedos, que quiere decir "en *privado*".

Mi profesor asintió, así que me acerqué a su escritorio. Rápidamente miré en secreto por todos lados para ver si había rastros de la pizza y las rosquillas que todo el mundo sabe que los profesores comen cuando los niños no los están mirando, pero no encontré nada. Luego le dije lo que estaba pensando.

—¿Qué pasa si hay algún niño que no tiene ningún talento? No yo, porque yo tengo CAN-TI-DA-DES, *cantidades*. Pero, ¿si *otro* no tiene ninguno?

—Todo el mundo tiene algún talento, Clementina —contestó mi profesor—. Todo el mundo tiene algo en lo cual es especialmente bueno.

—Pero, ¿qué tal si alguien se quedó por fuera? ¿Qué pasa si a quien sea que estaba encargado se le olvidó darle a ese niño o a esa niña un talento? ¿No pasaría que esa persona, que no soy yo, sentiría vergüenza de presentarse en una demostración de talentos?

—¡Eres muy considerada! —dijo mi profesor—, pero…

—Sí, sí —dije—, soy muy considerada. Así que supongo que debemos olvidarnos de esta idea del Cazatalentos.

—Ah, no, no lo creo, pero para asegurarnos, le preguntaré a la clase.

Luego se puso de pie, y dijo:

—Niños, levanten la mano. ¿Cuántos de ustedes van a presentarse en la demostración de talentos?

Todo el mundo levantó la mano.

—Bueno, ya con esto, no nos queda duda —dijo mi profesor—. De todas maneras, mil gracias, Clementina.

Muy bien. Lo admito. No fue una idea tan buena.

Pero, justo en ese momento, se me ocurrió una aun mejor. En ese sentido tengo suerte: siempre me surgen en la cabeza ideas increíbles, y ni siquiera tengo que hacer que mi cerebro las mande allí.

La puse en práctica en clase de redacción. Cuando terminé de escribir, tapé la frase con la mano, como si fuera algo demasiado privado para compartirlo. Esta es la manera de hacer que un profesor venga y mire lo que uno ha escrito.

Efectivamente, el profesor vino y miró. Frunció el ceño y se agachó un poco más para leerlo de nuevo.

—¿Vas a mudarte esta semana?

Rápidamente metí la palabra *posiblemente* entre *yo* y *tengo que mudarme esta semana*. *Posiblemente* es una palabra útil cuando uno no está diciendo exactamente la verdad.

—¿*Posiblemente* tienes que mudarte?

Asentí con la cabeza. Asentir con la cabeza no es exactamente decir una mentira.

—¿Posiblemente adónde vas a mudarte?

Se me había olvidado pensar en esto.

—Ummmmm… —mientras ummmmeaba, miré alrededor del salón por si encontraba alguna respuesta por allí. Y ¡bingo! Señalé hacia la cartelera de estudios sociales que habíamos hecho la semana pasada.

—¿Vas a mudarte a *Egipto*? —preguntó mi profesor.

Volví a asentir. Uno nunca sabe.

—¿Por qué? —preguntó mi profesor—. ¿A alguno de tus padres lo van a trasladar?

Me alegré de que hubiera pensado en esta buena razón.

—A papá —le dije—. Posiblemente le den un nuevo puesto.

Papá es administrador de edificios. Su oficio es asegurarse de que todo marche bien en el nuestro, que es un edificio que tiene cantidades de apartamentos. El año pasado, nuestro edificio se convirtió en un condo. Esto quiere decir que ahora los apartamentos se llaman condominios y que la gente es dueña en vez de arrendataria. Papá dice que a veces se confunden un poquito y creen que son dueños de *él*. A él no es que le guste mucho que los edificios se conviertan en condominios.

—¡Posiblemente tenga que encargarse de una pirámide! —dije yo.

Señalé la pirámide que Tutú Maya había hecho. Si yo la hubiera dibujado, tendría el número correcto de lados, pero a mí me tocó dibujar la esfinge, porque siempre que cualquier otra persona trataba de hacerla, le salía algo parecido a un saltamontes.

Cuando soy yo la que dibujo, todo el mundo sabe de qué se trata. Incluso los adultos. Esto se debe a que prácticamente soy una artista famosa. Si organizaran un concurso de dibujo, probablemente me ganaría todos los premios. Y no haría dibujos bobos, como individuales para mesa de comedor o frascos de cera para automóviles.

—¿No le parece injusto que en los concursos no se den buenos premios, por ejemplo gorilas o submarinos? —le pregunté a mi profesor. Pero no me estaba poniendo atención.

—¿A tu padre lo van a trasladar a una pirámide? ¿Él es arqueólogo, Clementina?

—Es administrador de un edificio. Dice que hoy en día todo se está convirtiendo en condominios. Dice que nada es seguro. La Gran Pirámide tiene 146.6 metros de altura. Es tan alta como un edificio de cincuenta pisos. Serían cantidades de condominios.

—¿Y tu padre va a ir allá a administrarlos?

—*Posiblemente* —le recordé—. Es mucho trabajo. Tendría que hacerse cargo de cosas como contratar a los porteros y asegurarse de que los ascensores funcionen, así que supongo que no estaré aquí para...

—¿Ascensores? ¿En la Gran Pirámide?

—Pues sí. Y decirles a las personas que ¡no pongan parrillas en el techo! Eso también es parte de su oficio. De todos modos, es una lástima que no pueda estar en el Cazata...

—¿Qué no pongan parrillas en el techo de la Gran Pirámide?

—Correcto. ¡Y que por favor saquen la basura los jueves! Así que estoy realmente triste porque…

Pero mi profesor sólo me dio unos golpecitos en la cabeza.

—Eres única, Clementina, única.

Y como ya no tenía nada más que hacer frente a mi escritorio, se fue, riéndose.

Debería haber una norma para los profesores. Prohibido reírse.

Capítulo 3

Cuando me bajé del autobús, vi que mi papá estaba podando la hiedra que crece entre nuestro edificio y la acera.

Señalando otro par de tijeras que tenía al lado, me dijo:

—Ya tienes ocho años, campeona, y creo que eres capaz de manejarlas.

Así que las tomé, aunque no es que me gusten mucho los objetos puntiagudos, y comencé a ayudarle a podar la hiedra.

Después de un ratito, me dijo:

—Estabas un poco callada anoche, a la hora de la comida. ¿Te pasa algo?

Yo quería decirle que no tenía ningún talento para la demostración de talentos, pero justo en ese momento llegó el autobús de los de secundaria, y Miguel se bajó. Se acercó y nos preguntó qué estábamos haciendo.

—Tengo que tener cuidado con esta hiedra —dijo mi papá—. Crece tan rápido que podría cubrir la ventana y extenderse por la acera si no la mantengo podada.

Miguel dejó a un lado su mochila.

—¡Hey! —dijo—.¿Quieres decir que si uno de los Medias Rojas estuviera pasando por aquí, y la hiedra no estuviera recortada, podría hacerlo caer?

—Bueno, esa no es exactamente la razón que dieron los socios del

condominio —dijo mi papá—, pero la tuya me gusta más: estamos desempeñando un papel importante en los resultados de la liga de béisbol. ¿Quieres ayudar? —le preguntó mostrándole las tijeras.

—¡Hey! —volvió a decir Miguel levantando el pulgar—. Gracias, amigo.

Miguel empezó a podar la hiedra y mi papá se sentó a descansar en el muro de ladrillo. Comenzaron a hablar de béisbol.

Vivimos en Boston, y Miguel está obsesionado con los Medias Rojas. Va a hacer parte de ese equipo cuando sea mayor. Si algún día llego a casarme, que no lo voy a hacer, me gustaría casarme con un jugador de las Medias Rojas, pero no con Miguel, porque él no es mi novio. Así le salen a uno gratis todos esos perros calientes que venden en el parque.

—¿Alguna vez has visto un juego de *strikes* perfectos? —le preguntó mi papá a Miguel—. Yo sí. Fue una vez en las ligas menores. Es algo de una belleza increíble.

—¿Qué es un juego de *strikes* perfectos? —pregunté yo.

—Es cuando un jugador hace lanzamientos perfectos durante todo el juego, sin un solo bateo del equipo contrario —me contestó Miguel.

—¡Caramba! —dije yo—. ¡Son 81 *strikes* seguidos!

Miguel se quedó mirándome, y se veía que estaba tratando de multiplicar *strikes* y salidas y entradas en su cabeza.

—Olvídalo —le dijo mi papá—. Ella es un genio en matemáticas.

—¡Hey! —repitió Miguel por tercera vez—. ¡Es increíble! —luego se alejó moviendo la cabeza. Probablemente iba a verificarlo en la calculadora.

Papá recogió las tijeras y comenzó a trabajar de nuevo.

—Entonces, ¿todo va bien, campeona? —volvió a preguntar.

—Pues… quería saber si habría posibilidad de que nos mudemos.

—¿De que nos mudemos?

—Exacto —contesté—. De que te vayan a trasladar. A Egipto.

—¿Pensaste que me iban a trasladar a Egipto?

Asentí.

—El viernes.

—¡Qué cosa tan extraña! No. No tienes que preocuparte más por eso.

Definitivamente no me van a trasladar a Egipto el viernes. De hecho, no tenemos ningún plan de mudarnos a ninguna parte, en ningún momento.

Seguí podando la hiedra y luego se me ocurrió una buena idea.

Mi papá dice que soy especialista en observar cosas interesantes. Dice que él sólo está aprendiendo de una maestra, pero yo creo que él es bastante bueno también. Especialmente tratándose de un adulto.

Por eso le pregunté si había notado algún buen talento últimamente.

—¿Qué quieres decir?

—No me refiero a talentos normales, como cantar o bailar o tocar un instrumento. Esos son aburridos. Quería saber si habías visto algo más espectacular.

—Pues..., déjame pensar. Esta mañana vi un grupo de personas que elevaban cometas con cañas de pescar. Eran realmente buenas... realmente talentosas.

Eso sería un poco difícil de hacer en un escenario.

—¿No has visto nada más?

—Bueno, camino a casa, iba detrás de una mujer que llevaba un perro, una cartera y un vaso de café, y estaba hablando por un celular. Era una experta en hacer malabarismos. No me explico cómo se las arreglaba.

Hacer malabarismos era un buen talento.

—¡Gracias, papá!

Luego me fui al apartamento. Afortunadamente encontré todo de inmediato. La cartera de mi mamá estaba sobre su mesa de dibujo, y al lado había media taza de café. El teléfono estaba debajo de la cama... probablemente mi hermano Habichuela lo había dejado allí, porque estoy segura de que no fui yo. Después encontré a Humectante y lo levanté.

Bueno, de acuerdo, un gatito no es lo mismo que un perro. Esto se llama Arreglárselas con lo que hay.

Permítanme decirles que es bastante difícil sostener todo esto al mismo tiempo. Y antes de que yo comenzara a hacer malabares y a hablar por teléfono, Humectante vio un pájaro afuera de la ventana. Saltó de mis brazos y todo lo demás se estrelló contra el piso.

Entonces entendí la diferencia entre *estrellarse* y *destrozarse*. Lo que se estrella es más fácil de limpiar. También aprendí que el café se puede limpiar más fácilmente cuando se riega sobre una alfombra color marrón. ¡Casi no hay que hacerle nada!

Volví a salir y le pregunté a mi papá si se le ocurría algún otro talento.

Puso a un lado las tijeras y me dijo:

—Campeona, ¿por qué tanto interés en el talento tan de repente?

Saqué del bolsillo el estúpido folleto y se lo pasé.

—"Cazatalentos, Noche de estrellas" —leyó él—. ¡Vaya título!

Señalé el quinto piso.

—¡Ah!, Margarita —dijo.

Asentí.

—Y Margarita tiene cientos de talentos. Va a hacer algo espectacular en la demostración.

—Así que estás tratando de pensar en algo espectacular también, ¿verdad?

—No exactamente —dije—. Estoy tratando de pensar en cualquier cosa. No tengo ningún talento.

—Clementina, ¿estás bromeando? ¡Eres la persona más talentosa que conozco!

Claro, él tiene que decir eso: es mi papá. Sin embargo, por un instante comencé a pensar que tal vez él y Miguel tenían razón. Que tal vez yo tenía un gran talento que todavía no había descubierto. Luego él comenzó a hablar de nuevo y lo arruinó todo.

—Piensa por ejemplo en la podada de la hiedra —dijo señalando mi pared—. Tienes un talento natural. Lo has hecho una vez, campeona, y ya eres una de las mejores en ese campo.

—¡Papá! —mi papá piensa que es gracioso. Yo también pienso que la mayor parte del tiempo lo es.

—O cuando se te ocurren cosas para poner encima de las tostadas. ¿Recuerdas la gelatina de lima? Todavía no lo puedo creer. ¡Fue absolutamente genial!

—Papá. Esto es en serio.

—Bueno, hablando en serio. Veamos. Eres buena en matemáticas, obviamente. Eres una artista increíble. Y eres realmente buena en ver las cosas desde ángulos diferentes, en tener nuevas ideas. ¿Recuerdas cómo ganaste por mí La Gran Batalla de las Palomas? Y nadie te supera en observar cosas. Eres curiosa y haces las preguntas más interesantes. Tú…

Lo paré y le dije:

—¡Papá! ¡Eso no lo puedo hacer en el escenario!

Pero no estaba poniendo atención.

—Y muestras empatía. ¿Sabes qué es eso?

Negué con la cabeza. Tal vez era algo como "ser bueno para algún instrumento musical que nadie conoce".

Mi papá se volvió a sentar en el muro y le dio un toquecito a un espacio al lado de él. Yo también me senté.

—Sentir empatía es algo maravilloso. Es saber cómo se sienten los demás. A ti eso te importa.

Y de repente sentí empatía. Me di cuenta de que mi papá estaba comenzando a preocuparse por mí. Y que se iba a sentir triste si no me podía ayudar.

Entonces me levanté de un salto y le dije:

—Gracias, papá. ¡Ya me siento mejor!

Lo miré con una gran sonrisa y me entré, por si acaso él también sentía empatía. Por si acaso podía ver lo que yo realmente estaba sintiendo.

Capítulo 4

El miércoles por la mañana, la profesora de Margarita vino a nuestro salón de clase justo después del juramento a la bandera, a hacerle una visita a mi profesor. Esto se debe a que supuestamente los de cuarto grado son lo suficientemente responsables para quedarse solos por unos minutos. No creo que sea tan buena idea. Yo sé que Margarita y yo nunca la dejamos sola en nuestro salón.

Pero me alegré. La profesora de Margarita lleva el pelo enroscado como un tornado, y creo que si algún día una horquilla se le afloja y sale disparada, parecería un rayo. Me encanta ver eso.

—Voy a ser la directora de nuestra demostración de talentos —dijo la profesora de Margarita—. Todas las mañanas haremos un pequeño ensayo de dos presentaciones. Así no tendremos problemas el día del gran acontecimiento.

Mi profesor le hizo una mueca a la profesora de Margarita. Eso quería decir que no se lo creían en absoluto, pero tenían que decirlo de todos modos.

—¿Quién quisiera ir de primero hoy?

Todos los niños levantaron la mano, menos yo, así que el profesor comenzó con la primera fila.

—Mi presentación se llama "Extravaganza de volteretas" —dijo María.

Se dirigió al frente del salón de clase y dio una voltereta contra la pizarra. Todos nos sorprendimos de que una pizarra de ese tamaño no aplastara a un niño al desprenderse de la pared.

—¿Estás bien? —le preguntó mi profesor quitándole la pizarra de encima.

—Claro —dijo María—. Eso siempre me pasa.

—Bueno, por si acaso, ve adonde la enfermera. Y el sábado por la noche nos aseguraremos de que no haya pizarras en el escenario —dijo mi profesor, y después llamó al niño que seguía, cuyo nombre es Mauricio o Dionisio, siempre se me olvida.

—Mi presentación se llama "Voltereta repentina" —dijo Mauricio-Dionisio, dando un salto desde su asiento.

—¡No, espera! —gritó mi profesor, abrazando la pecera.

Pero fue demasiado tarde. Mauricio-Dionisio dio una voltereta hacia el frente del salón, donde, afortunadamente, no se chocó con la pecera sino sólo con la jaula de los hámsteres. Tita y Tito parecían muy sorprendidos de hallarse sueltos en el piso y dejaron que Mauricio-Dionisio los recogiera.

—Gracias, Patricio —dijo mi profesor—. ¿Estás bien?

¡Ah! Me escribí una *P* grande en el brazo para que no se me fuera a olvidar.

—También nos aseguraremos de que no haya jaulas de hámsteres en el escenario. Y para estar seguros, ve tú también y hazle una visita a la enfermera.

No sé por qué mi profesor se tomó la molestia de mandar a María y a Patricio donde la enfermera. Todo lo que ella hace cuando uno va a decirle que se siente mal es poner los ojos en blanco. Siempre se ve aburrida, como si estuviera sólo matando el tiempo hasta que una buena enfermedad afecte a la escuela. María y Patricio podrían tener chichones en la cabeza del tamaño de tostadoras, y todo lo que haría sería darles una bolsa congelada.

—Bueno —dijo mi profesor—, ¿alguien ha pensado en hacer algo que *no sea* volteretas?

La mayoría de los niños bajaron la mano. Mi profesor llamó a un chico llamado José y le preguntó cuál iba a ser su presentación.

En secreto deseaba que de todos modos fuera de volteretas. José es realmente bajito y todo lo de él es corto: el nombre es corto, el pelo es corto, los brazos y las piernas son cortos, así que si hacía una voltereta, con seguridad parecería como un pez estrella rodando por el piso, y me encantaría ver eso.

Pero no. José sacó una armónica del bolsillo y dijo:

—Voy a tocar, y mi perro Lucho va a cantar.

—¿Tu perro? —preguntó mi profesor—. ¿Tu perro canta?

José se dirigió a la ventana y silbó, y su enorme perro marrón, que todo el día lo espera en el patio de recreo, vino corriendo. Saltó y puso las patas en el alféizar de la ventana. Luego José comenzó a tocar su armónica.

Lucho echó su cabezota de perro para atrás, cerró los ojos y aulló.

—¿Sí lo ven? —dijo José—. ¡A Lucho le encanta que yo toque la armónica!

—Pues, no estoy tan seguro... —comenzó a decir mi profesor.

Luego la profesora de Margarita se acercó, escribió algo en su cuaderno y se lo mostró a mi profesor. Supongo que lo que decía era "Por lo menos no son volteretas", porque a continuación mi profesor dijo:

—Muy bien. Habrá dos reglas. Primero, Lucho tiene que tener una correa. Y segundo, si ocurre algún "percance" en el escenario, José lo tiene que limpiar.

José estuvo de acuerdo, y entonces mi profesor dijo:

—Suficiente por hoy, ahora seguiremos con la clase de sociales —lo cual fue una suerte, porque después seguía yo.

Sin embargo, no podía dejar de pensar que no tenía nada para la demostración de talentos. Mi profesor tuvo que decirme seis veces "Clementina, ¡tienes que poner atención!", lo cual es mucho, incluso para mí.

Cuando nos subimos al autobús, estaba tan cansada de preocuparme, que sentía que el cuello no me iba a sostener la cabeza. Simplemente me dejé caer en el asiento.

—¿Qué te pasa? —me preguntó Margarita—. ¿Estás enferma?

—Es posible —le dije.

—Pues espero que no estés demasiado enferma para venir a la demostración de talentos el sábado por la noche. Te perderías mi presentación, y eso sería una lástima porque realmente te serviría.

Me animé un poco y le pregunté:

—¿Qué quieres decir? ¿De qué se trata?

—Se llama "Vestirse a la moda" —dijo Margarita.

—¡Eso no es una presentación!

—Claro que lo es. Y es algo para lo cual tengo mucho talento, a diferencia de ciertas personas —y Margarita dirigió los ojos hacia mí cuando dijo "ciertas personas".

—¿Y qué hay de todos tus otros talentos? ¿Qué pasa con la gimnasia y el canto y el acordeón?

—Ah, muchos niños pueden hacer eso, pero vestirse a la moda es un talento especial. Y, además, mi presentación les ayudará a ciertas personas —volvió a lanzarme una mirada cuando habló otra vez de "ciertas personas", pero no me importó. Se me acababa de ocurrir algo.

—¿Entonces me puedes ceder uno de tus talentos? —le pregunté—. ¿Uno de los que no vas a usar?

Margarita me miró con los ojos entornados.

—¿Y me podrías indicar cómo presentarlo, ya que tú no lo vas a hacer…?

Margarita lo pensó por un ratito, y luego dijo:

—Bueno, está bien. Supongo que podemos *tratar*. Ven mañana después de la escuela.

Capítulo 5

Al fin llegó el jueves por la tarde.

—Vamos a repasar mis talentos por orden alfabético —dijo Margarita.

Se acercó a una estantería y bajó un acordeón. Me miró las manos y después miró las teclas. Después volvió a poner el acordeón en su sitio.

—Huellas digitales —dijo.

Después me pasó su bastón, y yo lo dejé caer.

—¡Fuera el bastón!

—¿Y qué tal el clarinete? —pregunté.

Margarita negó con la cabeza.

—Saliva.

—Pasemos a la *D*, a ver si sirves para dramatizar. Imagínate que acabas de oír una noticia sorprendente.

Me puse las manos a lado y lado de la cara e hice una O con la boca.

—¡Fuera la dramaturgia!

E era para equitación, pero Margarita dijo que necesitaría un caballo. Yo ya comenzaba a perder la esperanza, pero cuando finalmente llegamos a la Z, Margarita se animó.

—¡Zapateo *tap*!

—¿Es fácil? —pregunté.

—Ah, no —dijo ella. Es *muy* difícil. Pero tal vez podrías fingir que lo haces. Quizás podrías ponerte unos zapatos para *tap* y dar vueltas haciendo mucho ruido.

—Sí, podría hacerlo, ¡así que sólo necesito unos zapatos!

—Puedes ponerte mis zapatos viejos —dijo Margarita.

Luego me llevó a su armario, que parece una tienda de ropa: todo está perfectamente doblado y colgado en orden. En el armario de Margarita uno espera encontrarse con avisos que digan ¡SALDO DE CAMISETAS! o ¡ÚLTIMA MODA! Había toda una pared de compartimentos para zapatos, y cada par estaba metido en una bolsa plástica.

Señalé las bolsas y pregunté:

—¿Y esto para qué es?

—¡Gérmenes! —Margarita se estremeció e hizo una cara como si acabara de tragarse un sapo.

—¿Adentro o afuera? —pregunté.

—¿Adentro o afuera qué?

—Los gérmenes. ¿Los estás manteniendo adentro o afuera?

Margarita se quedó mirándome como si la pregunta fuera demasiado estúpida para responderla, pero no creo que supiera la respuesta.

Tomó una bolsa y cuando estaba a punto de entregármela, se detuvo.

—¿Ya te lavaste las manos? Hay

que lavárselas —dijo señalando el baño.

Entré en el baño, que es todo de ella y no tiene que compartirlo con su hermano, como yo.

El baño de Margarita se parece a una tienda de cosas de baño. Bueno, yo nunca he visto una tienda de cosas de baño, pero debe ser así, excepto que el grifo y el jabón y el papel higiénico tendrían etiquetas de precios.

Me miré las manos. A mí me pareció que se veían muy bien. Además, las sentía al punto, ni demasiado resbalosas ni demasiado pegajosas. Y lo mejor de todo es que olían perfectamente: a una mezcla de mis lápices de dibujar y chicle de uvas. No es fácil lograr que las manos tengan ese olor perfecto.

Entonces fingí que me las lavaba. He inventado una buena manera de hacerlo.

Primero, dejo que el agua corra. Luego pongo el jabón bajo el agua para que se moje, y después lo devuelvo a su sitio. Después tomo la toalla, y entonces viene la parte peliaguda: no hay que dejarla ni demasiado mojada ni demasiado seca. Para esto me he inventado lo siguiente: seco un poquito el lavamanos con la toalla y después la cuelgo, pero esta vez arrugada.

Hice todo esto y después volví a la habitación de Margarita y me quité los zapatos.

Margarita abrió tanto los ojos que creí que le iban a saltar como un resorte, como en las historietas cómicas.

—¡Clementina! —exclamó—. ¡Tus pies son enormes!

—¡Shhh! —la calmé, por si acaso Miguel andaba por allí escuchando lo que decíamos.

Margarita puso su pie al lado del mío.

—Bueno, son del tamaño de los míos. Estos no te van a servir —me advirtió.

De todos modos, traté de que mis pies cupieran en los viejos zapatos para *tap* de Margarita, pero fue inútil. Sentí mucha empatía con las hermanastras de Cenicienta.

Me puse tan triste que me dejé caer en la cama de Margarita sin recordar la regla al respecto.

—¡Arrugas! —gritó Margarita. Corrió hacia la cama, me sacó de allí de un empujón, y después alisó la colcha estampada con dibujos de perros con sombreros.

Entonces, llena de tristeza, me senté en su silla a examinar las suelas de sus zapatos.

—Si les clavo algo metálico a mis zapatos deportivos podría funcionar, ¿verdad? Sólo tendría que hacerlos sonar, ¿no es así?

—Pues, supongo que sí —dijo Margarita.

—Ya vuelvo.

Luego tomé el ascensor y presioné la S para llegar al sótano, pues yo sabía exactamente dónde podría conseguir algo metálico.

Una vez al mes, todos los dueños del condominio se reúnen para hablar de qué necesitan comprar para el edificio y cuánto debe pagar cada uno. Durante estas reuniones beben cerveza. Mi papá dice que esta no es la mejor de las ideas porque entonces se les olvida lo que han decidido, pero él no es más que el administrador del edificio, así que no les puede decir lo que deben hacer. Él sólo les permite guardar la cerveza en el sótano.

Todas las cervezas venían en botellas y tenían tapas de metal.

Tomé un alicate de la alacena. Permítanme decirles que NO es fácil destapar 24 botellas con un alicate, pero finalmente lo logré. Por fortuna, mi ropa absorbió gran parte de la cerveza que se regó, así que sólo tuve que limpiar un charquito.

Luego me acerqué de nuevo a la alacena, saqué el pegante especial de mi papá y pegué todas las tapas de las botellas a las suelas de mis zapatos. Mientras lo hacía, me reía cada vez que pensaba en lo contentos que todos iban a estar en la próxima reunión al descubrir que las botellas ¡ya estaban abiertas!

Cuando terminé, me puse los zapatos y me llevé una sorpresa. Me costaba trabajo caminar, pero al hacerlo, ¡sonaba exactamente como una persona que estuviera haciendo zapateo *tap*! Subí al ascensor y presioné el botón del quinto piso para mostrarle a Margarita.

El ascensor se detuvo en el primer piso y la mamá de Margarita y Fernando entraron.

Fernando es el novio de la mamá de Margarita. Esto no hace muy felices a Margarita y a Miguel porque Fernando besa a la mamá de Margarita en público. Margarita y Miguel creen que debería haber una norma que prohibiera a los adultos besarse en público cuando uno de ellos no es tu padre o tu madre. Esto es lo único en que han estado de acuerdo en toda su vida.

—Hola, Mandarina —dijo Fernando.

Fernando piensa que es gracioso, pero a mí no me parece. Olfateó

el aire como si le oliera a algo raro.
Después se agachó y me olió.

—¿Qué diablos…?

La mamá de Margarita se agachó
y también me olió.

—¿Cerveza? —dijo.

Extendió el brazo y presionó con
fuerza el botón de STOP; después
le dio un puñetazo al botón de mi
piso.

—Creo que les debemos hacer
una pequeña visita a tus padres, Clementina.

Capítulo 6

Mi mamá abrió la puerta, y la mamá de Margarita me entregó.

—Ay, mil gracias, Susana —dijo mi mamá, como si le estuvieran dando una gran sorpresa. Después cerró la puerta.

Mientras yo le daba explicaciones, dijo tantas veces "Pero, Clementina, ¿en qué estabas pensando?", que finalmente dejé de contarlas.

Luego entró mi papá y ella le contó todo, excepto que no podía terminar las frases.

—Las veinticuatro… Las de las reuniones de los socios del condominio… Se las pegó… Las regó por todas partes… ¡Huele a cerveza!

De algún modo, mi papá entendió, y después también tuve que escuchar todos *sus* "Pero, Clementina, ¿en qué estabas pensado?".

—Y además, ha arruinado sus zapatos deportivos —dijo mi mamá cuando él terminó de hablar.

—Préstamelos, tal vez puedo quitarles esas tapas de botella —dijo mi papá.

—No, ¡Pa! —grité—. ¡Los necesito para mi presentación! ¡Voy a hacer zapateo *tap* en la demostración de talentos!

Demasiado tarde. Mi papá se fue, pero yo estaba de suerte. Al cabo de unos minutos volvió con mis zapatos en la mano, y todavía tenían pegadas las tapas de las botellas.

—¿No pudiste quitárselas? —preguntó mi mamá.

—Por nada del mundo —contestó mi papá.

—¿Estás diciendo…? —comenzó a decir mi mamá.

Después los dos se miraron y dijeron a la vez:

—¡Yo no!

—Yo la llevé el mes pasado —dijo mi mamá.

—Esta vez no lo haré —les dije—. Me portaré como una persona normal.

Mi mamá y mi papá simplemente me miraron como si yo hubiera hablado en marciano, idioma que voy a aprender. Después comenzaron a hablarse entre ellos.

—Verdaderamente creo que debo quedarme aquí —dijo mi papá—. ¿Qué tal si el ascensor vuelve a dañarse y toca llamar al técnico?

—Pero ¿qué tal si alguien necesita una ilustración de verdadera urgencia… una obra de arte de afán? —dijo mi mamá—. No, yo tengo que quedarme en casa.

—Si tú la llevas, cocinaré todas las noches durante una semana —ofreció mi papá.

—Yo cocinaré todas las noches por dos semanas, y lavaré los platos —dijo mi mamá.

Mis papás siempre tratan de sobornarse el uno al otro para no tener que llevarme de compras, lo cual no me parece gracioso. Mis padres creen que me cuesta trabajo elegir, pero no se trata de eso. Soy perfectamente capaz de elegir. El problema es que cada vez que uno tiene que elegir algo, quiere decir que tiene que dejar de elegir cientos de otras cosas..., y esto no es fácil.

Como sucede en la tienda de caramelos. Si uno elige dulces de café, no puede escoger mentas ni chocolatines ni chicles, ni trufas ni turrones. Y no importa lo que haya elegido, apenas lo prueba, inmediatamente se da cuenta de que quería otra cosa.

Sin embargo, esta vez podía ensayar.

—Hoy lo haré verdaderamente rápido —les prometí.

Mis papás simplemente se miraron como diciendo: "¡Chiste viejo y mal contado!". Luego mi mamá me envió a mi habitación para que me cambiara el overol. Cuando regresé, todavía estaban discutiendo.

—Haré la comida y lavaré los platos durante tres semanas —dijo mi papá.

—Durante un mes —dijo mi mamá.

Me dejé caer en el sofá y me puse a esperar. Cuando comienzan a hablar así, pueden tardar largo rato.

Finalmente, mi papá sacó todo el dinero que tenía en la billetera y alargó la mano.

—Si la llevas, también podrías comprarte un par de zapatos, yo te los regalo.

—Pues… —dijo mi mamá, y me di cuenta de que lo estaba pensando.

Luego mi papá agregó:

—Además, te invitaré a comer, para que puedas estrenártelos.

Mi mamá extendió la mano y después se detuvo.

—No estarás hablando de pizza o hamburguesas, ¿verdad?

—En absoluto —prometió mi papá—. Estoy hablando de un restaurante formal, con velas y todo.

—¿Podría ser el… Ritz? —sugirió mi mamá.

El Ritz es el restaurante más elegante de Boston, y es carísimo.

—Trato hecho —dijo mi papá.

Mis papás sonrieron y después se besaron. Y ahora les voy a contar un secreto del cual nunca le he hablado ni a Margarita ni a Miguel. Me encanta cuando mis papás se besan. Incluso cuando lo hacen en público.

Camino a la tienda de zapatos, cuando caminábamos más despacio, la gente que pasaba por la acera me olía y arrugaba la nariz.

—No es lo que parece —decía mi mamá cada vez. Y entonces me hacía caminar más rápido, lo cual no es fácil cuando uno tiene veinticuatro tapas de botella pegadas en las suelas de los zapatos.

Apenas llegamos a la tienda, vi un par de zapatos verdes sensacionales en la vitrina principal. Corrí y me subí a alcanzarlos, pero mi mamá me agarró del overol y me hizo bajar.

—Esos son los de la vitrina, Clementina. Tenemos que buscar un vendedor.

Y corrimos con mucha suerte, ¡porque inmediatamente encontré uno que llegó corriendo detrás de mí!

—¿Puedo mostrarte algo? —preguntó con una mirada nerviosa.

Señalé los zapatos verdes y mi mamá dijo:

—Talla tres y medio.

—Magnífico. Esos son los verdes lima de nuestra nueva línea "Piruleta". También vienen en color...

—¡No! —dijo mi mamá tratando de detenerlo—. Así está bien, no queremos ver los otros...

Demasiado tarde.

—Verde limón, naranja, coco, uva, morado, amarillo y rosa. Han tenido mucho éxito.

Mi mamá se llevó las manos a la cabeza y después se desplomó en una silla.

—Tráigalos todos, y tráigalos también en talla cuatro. Estaremos aquí mucho tiempo —dijo.

El vendedor se fue y regresó con un montón de cajas. Las abrió y después desplegó los zapatos en un arco iris frente a mí. Luego me olfateó y miró a mi mamá como si no pudiera creer lo que su nariz le acababa de decir.

—No es lo que usted cree —dijo mi mamá hundiéndose más en la silla, y después agregó suspirando—: Ah, ¡qué caray!, tal vez sí es lo que usted cree.

Me probé todos los zapatos de la línea "Piruleta".

El vendedor me preguntó si realmente tenía que probarme cada color, y correr de un lado al otro de la tienda subiéndome y bajándome de la silla. Supongo que era nuevo en la tienda.

El color más intenso era el morado, y el rosa, el más alegre, así que me puse un zapato de cada color en cada pie para probarlos. La combi-

nación era perfecta y se veían estupendos, pero el vendedor dijo que él no estaba de acuerdo.

Pero no me importó, porque justo en ese momento vi el par de zapatos más precioso del mundo en un estante cerca de la vitrina: eran color violeta, tenían tacones altos y delgaditos, y unas libélulas brillantes en la parte de adelante.

Señalándonos, pregunté:

—¿Qué tal…? —pero antes de que pudiera terminar, tanto el vendedor como mi mamá dijeron al mismo tiempo: "No estoy de acuerdo".

—Bueno, está bien —dije yo—. ¿Qué otro tipo de zapatos tienen en la tienda?

—No resisto ver esto —dijo mi mamá—. Sólo asegúrese de que elija algo práctico.

Se levantó y le susurró algo al vendedor. Luego se dirigió a la sección de adultos y comenzó a mirar zapatos.

Apenas se alejó, le pregunté al vendedor si tenía un tatuaje en alguna parte. Hoy día uno nunca sabe qué adulto tiene uno.

—No —dijo el vendedor—. ¿Tú sí?

—Todavía no, pero muy pronto tendré uno —le contesté.

Luego se fue a traerme más zapatos, ¡y no se imaginan la cantidad de zapatos que había en esa tienda! Tenía los pies agotados de tantas pruebas y la cabeza me dolía de tanto pensar en qué no elegir.

Finalmente, el vendedor me mostró un par de zapatos de baloncesto con rayas.

—Estos son los que te van a gustar —dijo—. Son los últimos que nos quedan.

Cuando él me los estaba amarrando, vi algo increíble, y le pregunté:

—Oye, ¿sabías que encima de la cabeza tienes un círculo donde no tienes pelo?

—Sí, lo sé, gracias.

—Y ¿tú sabías que hueles a cervecería?

—Sí, lo sé, gracias. Y me voy a llevar los zapatos verdes lima de la línea "Piruleta".

El vendedor suspiró.

—También lo sé. Ya están en una bolsa en la caja registradora. Tu mamá me dijo que terminarías eligiendo esos.

Caminé hacia la caja donde mi mamá estaba esperándome, y apreté los labios, furiosa porque ella supiera lo que yo iba hacer antes de que yo lo supiera. Jamás volvería a hablarle.

—¿Quieres ver lo que compré? —me preguntó fuera de la tienda.

Mantuve los labios apretados, pero asentí con la cabeza y abrí la bolsa.

Y después se me olvidó la furia.

—¡Huuy! —exclamé.

—Exactamente —dijo ella—. ¡Huuy!

Nos detuvimos y simplemente nos quedamos mirando esa maravilla de zapatos. Los tacones parecían aun más altos y delgados, y las libélulas brillaban en el sol como esmeraldas. Eran tan bellos que súbitamente dejé de tenerles temor a las cosas puntiagudas.

—Nada prácticos —dije.

—No, definitivamente nada prácticos —admitió mi mamá—. De hecho, son probablemente los zapatos menos prácticos de la tienda. ¡Es una de las ventajas de ser adulto!

—¿Puedo probármelos?

—Claro que sí —dijo ella. Luego se inclinó y sonriendo me dio un gran abrazo, ¡a pesar de que yo olía a cervecería!

—*Después* de que te des un baño.

Capítulo 7

Al día siguiente le mostré a Margarita mis zapatos deportivos en la parada del autobús.

—Ah, sí. Yo tuve un par de zapatos así cuando era pequeña, pero no eran verdes. El verde es un color aburridísimo —dijo, simulando que bostezaba.

Cuando subí al autobús, escondí los pies debajo de la mochila y miré por la ventana durante todo el viaje.

Entre la parada del autobús y la escuela hay noventa y cuatro faroles.

En el salón de clase nos llevamos una sorpresa: teníamos una profesora suplente, la señora Bien-Bien. Yo la llamo así porque ella siempre dice "Bien-bien". Y también porque nunca puedo recordar su nombre.

Fue una buena sorpresa por dos razones. Primero, porque cuando leyó las instrucciones de mi profesor, dijo:

—Lo siento, pero no vamos a ensayar la última parte de la demostración de talentos. Sería un milagro si por lo menos pudiera entender qué rayos debemos hacer en clase.

La otra razón es que al ver a la señora Bien-Bien delante de la clase se me ocurrió la idea más increíble de toda mi vida.

Levanté la mano, y la señora Bien-Bien, dijo: —¿Sí?

—Necesito ir a la oficina de la directora —le dije.

—Bien-bien —dijo la señora Bien-Bien. Los profesores suplentes nunca preguntan el *por qué* de las cosas.

Caminé por el corredor, lo cual me costó mucho trabajo porque mis nuevos zapatos querían correr, y llamé a la puerta de la directora Gamba.

—Tengo zapatos nuevos —le dije a la directora Gamba.

—Eso veo —dijo—. ¿Traes alguna comunicación de tu profesora?

—No. Sólo vine a decirle que mañana por la noche voy a mandar un suplente.

—¿Un suplente?

—Sí. Un suplente. Así como mi profesor mandó una suplente.

—Lo siento, pero los estudiantes no tienen suplentes.

—Pero, ¿por qué no? Si un profesor puede tener una suplente, ¿por qué un niño o una niña no puede tener un suplente?

La directora Gamba se quedó mirándome por un buen rato.

—¿Sabes, Clementina, que nadie me ha hecho esa pregunta antes? Y es una buena pregunta. Una excelente pregunta. Siento mucho que la respuesta siga siendo no —continuó la directora Gamba—, pero voy a necesitar un poco de tiempo para poder darte una buena razón.

—¿Así que no tengo nada más que hablar? —pregunté.

—No tienes nada más que hablar —dijo la directora Gamba—. Por hoy.

Después de la escuela, llevé mis zapatos viejos con las tapas en las suelas al apartamento de Margarita.

—Bueno, te voy a enseñar algo muy fácil, pero recuerda que tienes que hacer todo lo que yo diga. Tú tienes ocho años y yo nueve, y eso quiere decir que yo soy tu jefa —dijo Margarita.

Esta es una regla que no me gusta mucho.

—¿Y Miguel qué? —le pregunté—. Él es mayor que tú. ¿Acaso es tu jefe?

—Miguel es Miguel —dijo Margarita—. No puede ser jefe de nadie.

—¿Y entonces mis padres qué? Supongo que son los jefes de todos nosotros.

—No. Mi mamá es mucho mayor que tus papás. Ella es la jefa. Así que tienes que hacer lo que yo diga.

A veces esa Margarita me pone furiosa. Intenté otra vez.

—Ah, ¿sí? ¿Y la señora Muñoz del cuarto piso qué? Ella tiene cerca de cien años, y eso la hace mayor que tu mamá, así que ella es la jefa.

Margarita se quedó sin saber qué contestar por un minuto.

—No sé —admitió—. Con los adultos es muy difícil saber.

Luego se animó y dijo:

—Así que seguiremos con la idea de que yo soy la jefa.

Pensé en la demostración de talentos, y en el hecho de que yo era la única que no tenía ningún talento.

—Bueno, está bien. Pero sólo por hoy —dije.

Margarita se puso sus zapatos de *tap* y yo me puse los míos, con las tapas de botella en las suelas. Enrolló el tapete y comenzó a bailar alrededor.

—Esto se llama arrastrarse hasta Búfalo —dijo—, y yo lo hago maravillosamente. Simplemente haz lo que yo hago.

Sólo que hacía cuatro millones de cosas a la vez.

—¡La cabeza en alto, la columna recta, los brazos flotando, y una gran

sonrisa! —dijo Margarita—. Flap,
flap, un paso, otro paso, arrastrar los
pies, ¡cambio!

Los pies de Margarita se movían
a tal velocidad que no alcanzaba a
verlos, pero de todas maneras me
lancé al piso para tratar de seguirla.

Permítanme decirles que un piso
de madera es muy resbaloso cuando
uno tiene 24 tapas de botella pega-

das a los zapatos. Di un paso y fui a dar directamente contra el tocador de Margarita. Todo voló por el aire: perfumes, horquillas, cepillos, anillos y cintas.

Margarita hizo una cara que decía: "Clementina, no tienes remedio".

Yo ya sabía eso, pero entonces, mientras ella recogía las cosas, hizo un comentario que me sorprendió.

—Supongo que el baile *tap* no es para ti, pero todavía tenemos un poco de tiempo —dijo—. Voy a tratar de pensar en algo para lo cual no seas tan negada.

Creo que Margarita también puede sentir un poco de empatía.

—De todas maneras, gracias por la clase —le dije.

Volví a ponerme mis zapatos nuevos y me dirigí hacia donde mi papá estaba terminando de cortar la hiedra. Tal vez notaría en mí un nuevo talento; pero antes de que pudiera darle la mala noticia de que su hija era un desastre para el baile *tap*, mi hermano salió del edificio con mi mamá. Corrió hacia nosotros y trató de tomar las podadoras de mi papá.

—Cuidado, cuidado —dijo mi papá—. Perdona, Teo, pero eso no es para niños pequeños.

Repollo frunció la cara como si fuera a dar alaridos, pero yo rápidamente me metí un poco de hiedra en las mangas y en el cuello y comencé a agitar los brazos frente a él y a gritar:

"¡Auxilio!, ¡auxilio! ¡Me tragué unas semillas de hiedra!".

Esto lo hizo reír tanto que se olvidó de los alaridos.

—¿Te das cuenta? —dijo mi papá—. Ahí tienes otro talento, Clementina. Nadie en el mundo puede hacer que tu hermano se ría así.

—Papá. Eso no es algo para hacer en un escenario —le recordé.

Y entonces me acordé de Pepe.

—Oye, mamá. ¿Remolacha todavía podría tener un percance?

—Primero que todo, tu hermano no se llama Remolacha. Y segundo, ¿qué quieres decir con un percance?

—Pues… que él ya no necesita pañales, ¿verdad? Aun si oyera un sonido realmente fuerte, por ejemplo unos aplausos… ¿no le pasaría nada, no sé…?

—Ah, no. A él ya no le pasa eso. Clementina, haces unas preguntas interesantísimas.

Luego mi mamá llevó a mi hermano a reunirse con sus amigos, mientras todavía seguía riéndose de la hiedra.

Pensé en la otra parte. Mi profesor probablemente no me haría ponerle una correa a mi hermano, pero no estaba segura de la profesora de Margarita. A ella le encantan las reglas.

—¿Tenemos una correa para perritos? —le pregunté a mi papá.

—¿Una correa para perritos? No, claro que no. ¿Para qué la quieres?

—¿Sabes de alguien que tenga una? Necesito una prestada por un ratito.

—Pues he visto una en el depósito de la señora Posada, de cuando ella tenía un dálmata. Podrías pedírsela.

Mi papá sabe todo lo de todo el mundo en el edificio, y siempre dice

que menos mal que él puede guardar
un secreto.

—Pero, Clementina, no creo que
a Humectante le guste eso.

—¡Papá! ¡Lo sé! ¡Jamás le pondría
una correa para perritos a un *gato*!

Capítulo 8

El sábado, a la hora del desayuno, les recordé a mis papás de la demostración de talentos.

—Ustedes van a estar allí, ¿cierto? Es a las seis. Ustedes van a estar allí, ¿cierto?

—Claro que estaremos allí —dijo mi mamá—. Nosotros vamos a cenar por fuera, pero eso será mucho más tarde. A propósito, no hemos visto tu baile *tap*. ¿Quieres hacernos una demostración ahora?

—Ya no voy a hacer eso —les dije a mis papás—. Tengo algo mejor. Algo para lo cual tengo más talento.

Mis papás me preguntaron qué era, pero les dije que sería una sorpresa.

—De todas maneras les encantará —les prometí.

Luego llevé a Fríjol a mi cuarto a practicar.

—Había una vez un tipo llamado Elvis —comencé a decir—. Su oficio era cantar y bailar hasta que las niñas se caían al piso agarrándose el corazón y suspirando por casarse con él.

Después hice como si tocara una guitarra y canté la primera línea de la canción *You ain't nothing but a hound dog*, y nada más. Calabacín casi se muere de la risa, hasta tal punto que creí que iba a vomitar el desayuno.

La primera vez que nos dimos cuenta de cuánto divierte esto a mi hermano fue el año pasado. Yo había visto a ese tipo Elvis una noche con

mis papás, en un viejo programa de televisión. Al día siguiente, le hice a Espinaca una representación de lo que había visto, y se rio a carcajadas. Yo no me sabía la segunda línea de la canción, pero no importaba, porque cualquier cosa que cantara, "Me caí del cocotero" o "Tengo yogurt en los zapatos", lo hacía reír todavía más.

Desde entonces, mis papás llaman mi representación de Elvis "El viejo recurso". Cada que mi hermano está de mal genio, me piden que actúe.

Porque sólo funciona si yo lo hago. Si mis papás tratan, él simplemente se queda mirándolos como tratando de recordar quiénes son. Una vez Margarita quiso hacerlo, y él salió corriendo hacia su cuarto y se escondió debajo de la cama, y yo tuve que sacarlo por los pies.

You ain't nothing but a hound dog —volví a cantar—. Tra, la, la, ¡cortina!

Zanahoria se desplomó en mi cama. Se reía tanto que las lágrimas le salían a chorros de los ojos.

Luego tomé la correa para perritos.

—Perdóname. Es posible que la
profesora de Margarita exija que la
uses, pero no te preocupes, no te la
pondré en el cuello —le dije abro-
chándole la correa por detrás a los
tirantes de su overol. Después me
quedé esperando a ver cómo reac-
cionaba.

Se puso en cuatro patas.

—¡Guau, guau! ¡Soy un perro!

—No, no eres un perro —le dije.

—Grrrrr… ¡Sí soy un perro!

Y después me di cuenta de que ¡era una idea estupenda!

—Bueno, muy bien. Eres un perro, pero recuerda que esta noche eres un perro que cree que Elvis es gracioso.

Estuvimos practicando por un rato y todo salió muy bien. Luego, mientras Remolacha hacía la siesta, yo ensayé decir:

—Mi presentación se llama "Elvis y el perrito que se ríe", y eso también salió muy bien.

Justo antes de las cuatro de la tarde, le recordé a mi papá que necesitaba que me llevara al ensayo, y también le dije que Cebolla debía venir conmigo.

—Primero que todo, tu hermano no se llama Cebolla. Y segundo, ¿para qué necesita ir?

Entonces tuve que contarle a mi papá cómo iba a ser mi presentación.

—Pero no le digas nada a mamá

todavía, ¿oyes? ¡Voy a darle una gran sorpresa!

—No, definitivamente no voy a decirle nada a tu mamá. Y definitivamente tampoco vamos a llevar a tu hermano a ese ensayo, porque él definitivamente no va a subir al escenario amarrado a una correa para perritos.

—¡Pero a él le encanta! ¡Él cree que es un perro!

—Créeme. ¡No hay riesgo de que lo haga, Cle!

—Pero…

—Sin condiciones. Ahora súbete al automóvil… son casi las cuatro.

Me subí al automóvil y luego cometí un gran error: Por estar pensando tanto en que este era el día más desafortunado de mi vida, olvidé pensar en cuánto más desafortunado podría volverse si iba al ensayo.

Cuando entre en el auditorio, vi a la profesora de Margarita y a la directora Gamba sentadas al lado del escenario en unas sillas altas de director. Traté de esconderme, pero la profesora de Margarita me vio. Miró su tablilla de sujetar papeles y frunció el ceño. Después se dirigió a mí en un tono tan fuerte que todos los niños que estaban en el auditorio pararon lo que estaban haciendo, listos a escuchar.

—Clementina, parece que no te tengo en la lista… Pero no importa, te haremos campo. ¿Cómo se llama tu presentación?

Me acerqué y le susurré al oído que no había preparado nada. Esperaba que los niños que me estaban mirando creyeran que estaba diciendo que tenía tantos talentos que no había podido escoger uno.

—¿Qué quieres decir con que no has podido escoger uno? —gritó la profesora de Margarita, aunque yo estaba a su lado.

Bueno, tal vez no haya gritado, pero todos los niños estaban tan atentos, que de todas maneras lo oyeron.

—Oye, Clementina —gritó uno de los de cuarto grado—. ¡Tu cara parece que estuviera ardiendo! ¡Tal vez esa podría ser tu presentación!

Cerca de un millón de niños se rieron, aunque eso NO tenía NADA de gracioso. Pero él tenía razón. Cuando algo me da vergüenza, la cara se me pone roja y caliente. Por eso no le contesté nada. Bajé la cabeza y me quedé allí con la cara colorada y acalorada.

La directora Gamba se acercó y me dijo:

—Clementina, ven y siéntate a mi lado. Puedes acompañarme durante el ensayo.

Entonces tuve que sentarme entre la directora Gamba y la profesora de Margarita, exactamente al lado del escenario, donde todos los niños podían verme y darse cuenta de que yo no tenía ningún talento.

La primera presentación se llamaba Doce Saltos Mortales. Doce niños se pusieron en dos filas de seis a cada lado del escenario.

—¡Esperen! —grité. Corrí al gimnasio, arrastré una colchoneta hasta el auditorio y la puse en frente del escenario. Después conseguí que algunos de los doce me ayudaran con las demás. Al poco tiempo teníamos todas las colchonetas apiladas.

La profesora de Margarita me miraba enfurecida y le daba toquecitos a su reloj.

—Se van a caer del escenario —expliqué—. No importa cómo lo hagan, algunos se van a caer.

Y así sucedió. Por lo menos seis de los doce niños salieron volando del escenario y aterrizaron en las colchonetas. Apenas logramos que se pusieran nuevamente de pie y verificamos que no se hubieran roto ningún hueso, vi otra cosa por el increíble rabillo del ojo.

—¡Paren! —grité. Luego salí corriendo y le quité una manotada de galletas saladas a uno de los de tercer grado, justo antes de que se las llevara a la boca.

—Ahora te toca el turno a ti —le recordé—. Y vas a silbar "La cucaracha, la cucaracha, ya no puede caminar", y ¡sin galletas!

Cuando regresé, la profesora de Margarita me miró como diciendo que tendría muy presentes todas estas tonterías cuando yo estuviera en su clase.

Pero la directora Gamba me dio una mirada de aprobación y agregó:

—Gracias, Clementina. Esas galletas podrían habernos causado problemas.

Y no me van a creer lo que sucedió después: ¡La profesora de Margarita me pidió excusas!

—Lo siento —dijo—. Esta noche estoy un poco angustiada.

Tenía ganas de quedarme a ver por qué estaba angustiada, pero en ese momento me di cuenta de que los Magníficos Ula Ula habían ya comenzado a hacer el ula-ula. Me acerqué y les pregunté cuánto tiempo duraría la presentación.

La niña que se hallaba al lado derecho contestó que una vez lo había hecho durante cinco horas y trece minutos.

La niña del lado izquierdo hizo un gesto que indicaba que ¡eso no era nada!

—Pues, esta noche tienen que terminar en algún momento —le dije—. Después de la presentación de ustedes siguen muchas más.

Tomé prestado el reproductor de CD de los Saltadores de Cuerda y les expliqué cómo podían hacer el ula-ula al son de la música y después P-A-R-A-R, *parar* cuando la música hubiera terminado.

Y después no pude volver a sentarme durante el resto de la tarde, porque todo el mundo necesitaba mi ayuda para algo. Al fin, después de que todos tuvieron la oportunidad de ensayar sus presentaciones, me acerqué adonde estaba la directora Gamba.

—¿Puedo ir a su oficina y usar el teléfono? Necesito llamar a mis papás y decirles que no vengan.

—Me parece que ya es un poco tarde para eso —la directora Gamba me mostró su reloj y después dijo—: Vayan a sus sitios. La presentación comienza en cinco minutos.

Todo el mundo corrió a su sitio. Yo me dirigí a la cortina y eché una miradita: todas las sillas estaban copadas.

La profesora de Margarita dio una palmada para llamar la atención.

—Antes de comenzar quiero agradecerles a todos por hacer parte de esta presentación —dijo—. Todos ustedes están ayudando a recaudar fondos para la excursión escolar de primavera. Excepto Clementina.

Bueno, lo acepto, en realidad no dijo "Excepto Clementina", pero se podía ver que todos lo estaban pensando.

En ese momento, la secretaria se acercó y le entregó una nota.

—¡Ay! ¡Ay, Dios mío! —gritó, y saltó de su asiento más rápido de lo que yo creo que un adulto debiera hacerlo—. ¡Ay! Santo Dios, ¡ha llegado el momento! Mi hija va a tener su bebé. ¡Mi primer nieto!

—Vete —dijo la directora Gamba—. No te preocupes. Nosotros podemos manejar la presentación. Vete adonde tu hija.

—¡Ay, gracias! —dijo la profesora de Margarita, y se fue tan rápido que se le cayó una horquilla.

—¡Caramba! —dije dirigiéndome a la directora Gamba—. Ahora us-

ted va a tener que dirigir sola toda la presentación.

—No, sola no —dijo la directora Gamba—. Tengo una asistente, y esa asistente eres tú.

—¿Yo? Ah, no. ¡Yo no puedo!

—Sí puedes. Y yo definitivamente no lo voy a hacer sola.

—De verdad no puedo. Yo no pongo atención, ¿se acuerda?

—Sí pones atención, Clementina. No siempre pones atención a la lección en el salón de clase; pero te das más cuenta de lo que está pasando que cualquier otra persona que conozco. Y eso es exactamente lo que necesito esta noche.

—No creo que sea muy buena idea, en absoluto.

—Pues yo sí creo que es una buena idea. Voy a probártelo —dijo la directora Gamba y llamó a uno de los Ula-Ula.

—Gabriela, ¿cuál es el segundo acto después del intermedio?

Gabriela miró a su alrededor y dijo:

—No tengo un programa. ¿Quiere que consiga uno?

La directora Gamba le dijo que no había necesidad, y después se volvió hacia mí.

—Clementina, ¿cuál es el segundo acto después del intermedio?

—Carlos, de cuarto grado, va a eructar el himno nacional.

—¿Necesita algo especial?

—Una botella de dos litros de cerveza sin alcohol.

—¿Cuánto durará la presentación?

—Cuarenta y un segundos. Cuarenta y ocho si tiene que detenerse a tomar un poco más de soda en la parte de los "cohetes".

—He probado mi teoría. No más peros —dijo la directora Gamba señalando la silla vacía a su lado.

Cuando uno de los directores te ordena hacer algo, es imposible decir que no. Alguna parte de ti siempre cede. Así que me subí a la silla.

—¡Abre la cortina! —dijo la directora Gamba, y un cosquilleo de preocupación me corrió por todo el cuerpo.

Capítulo 9

Pues bien, parecía como si esos niños no hubieran ensayado nunca.

Primero: Los de los Doce Saltos Mortales se cayeron del escenario, bueno, con excepción de una niña que olvidó moverse. Después siguieron María y Paco, Pati y Pipo, de mi clase, y también se cayeron del escenario.

Sin embargo, nadie tuvo que ir a la enfermería, y el público creyó que eso hacía parte de la presentación, así que todo estuvo bien.

Después siguió la presentación de los mellizos Maya. Lulú había convencido a Tutú de que en vez de seguir adelante con su presentación, tocara a cuatro manos en el piano con ella. Pero cuando Lulú se dirigió al micrófono para anunciar el cambio, se puso tan nerviosa que vomitó.

Miré a Tutú, que estaba sentado en el banco del piano. Tutú repite todo lo que Lulú hace y, como siempre, ya se estaba alistando…

—¡Sobre el piano no! —grité justo a tiempo.

Después corrí y cerré rápidamente la cortina, para que todo el público no fuera a hacer lo mismo.

Cuando la persona encargada de la limpieza vino a limpiar, se me ocurrió una buena idea.

—Pídale a Sonia que salga ahora y se ponga en frente del telón —le dije a la directora Gamba.

—¿Por qué? —me preguntó—. Allí no hay micrófonos.

—No se preocupe por eso. Sonia tiene una voz muy fuerte, y va a recitar un poema, no a dar volteretas. No tendrá que moverse. Además, tiene unos pies realmente flacos y cabrá sin problema si se pone de lado.

Entonces Sonia se paró en frente del telón, se puso de lado y recitó su poema a gritos. Eso dio tiempo para que al terminar, ya el escenario estuviera limpio.

Luego vinieron los Ula-Ula, y olvidaron totalmente lo que yo les había dicho de parar cuando terminara la música. Simplemente siguieron y yo tuve que cerrar el telón para que salieran del escenario y le dieran el turno a los Saltadores de Cuerda.

Los Saltadores de Cuerda supusieron que si los Ula-Ula no habían parado al terminar la música, ellos tampoco debían hacerlo. Entonces también tuve que cerrar el telón para que se retiraran.

Luego llegó el turno de Margarita. Ella salió al escenario sin problema, pero cuando se estaba aproximando al micrófono, Luis, quien estaba entre el público, le tomó una foto. Esto fue un error.

Margarita se queda tiesa cada vez que alguien le toma una foto para la cual no está preparada. Dice que es el horror de no saber si se ve perfecta o no. Yo no lo entiendo, porque Margarita siempre se ve perfecta.

De todos modos, se quedó tiesa en el escenario, con la boca abierta. Por un instante, una partecita de mí pensó: "¡Qué bien! ¡Esta noche no harás el show!".

Pero luego sentí empatía por ella.

Corrí hacia donde Margarita podía verme y le hice señas hasta que se normalizó. Me señalé el pelo y me hice como si me lo estuviera cepillando.

Margarita asintió con la cabeza como un robot. Luego se volvió hacia el público.

—Primero, siempre cepíllense el pelo. Incluso si lo tienen como el mío.

Me volvió a mirar. En mímica, le hice como si me estuviera abotonando, y señalé hacia mi izquierda.

—Asegúrense siempre de abotonarse bien —le dijo al público.

Luego levanté el pie y señalé mis zapatos.

—¡Nunca se pongan zapatos deportivos verdes! —dijo Margarita—. Son los peores.

Después se sacudió, como si hubiera estado dormida, y se acercó al micrófono.

—Un momento —dijo—. Eso fue en broma. Pueden ponerse zapatos del color que quieran. Y los verdes están de moda.

Me envió una sonrisa tan grande que todos los frenillos de sus dientes brillaron como diamantes. Le devolví la sonrisa, excepto que sin frenillos porque todavía no me los han puesto. Después de eso Margarita estuvo bien.

Regresé y me senté en la silla de director, y la directora Gamba también me sonrió de oreja a oreja. Luego se inclinó y me dijo:

—Clementina: ya sé por qué no puedes tener un suplente. Es porque eres irremplazable. ¡Te hicieron y rompieron el molde!

Y fue entonces cuando me di cuenta de que ya no estaba preocupada. Por el contrario, me sentía muy orgullosa: como si el sol se estuviera levantando en mi pecho.

Esa sensación de orgullo me acompañó durante el resto de la presentación. Y aunque muchas cosas salieron mal, la directora Gamba y yo las arreglamos.

Al fin llegamos al último acto, el de José y Lucho. José tocó una nota en la armónica, y Lucho comenzó a aullar. El público se enloqueció y pidió que siguieran, lo cual fue muy bueno porque Lucho continuó aullando como si hubiera esperado ese momento toda la vida.

Sentí un poco de envidia al pensar lo bien que Espinaca lo habría hecho con esa linda correa para perritos, y lo mucho que el público se habría divertido con mi presentación, especialmente mis papás. Ahora que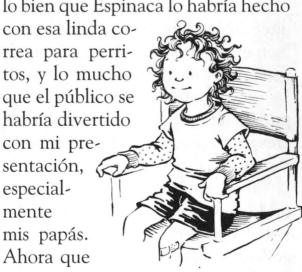

todo había terminado, supuse que mis papás debían estar entre el público, preguntándose qué habría sido de su hija.

La directora Gamba y yo cerramos el telón y arriamos a todos los niños hacia el escenario, como lo habíamos planeado. Luego ella volvió a abrir el telón y todos salieron a recibir los aplausos.

La directora Gamba y yo nos sentamos detrás del bastidor a mirar.

El público sonreía y aplaudía, y los niños seguían sonriendo y haciendo venias. Yo estaba bastante feliz, aunque una pequeña parte de mí estaba triste. Pensaba que algún día me gustaría saber cómo se sentía que la gente lo aplaudiera a uno.

—Lo logramos —le dije a la directora Gamba—. Ya se acabó, y lo logramos.

—Sí, efectivamente lo logramos —dijo la directora Gamba—. Pero todavía no ha terminado. Hay otra cosa que debo hacer.

Después se levantó y se acercó al grupo de niños que estaban en el escenario. Oí que tomaba el micrófono.

—Señoras y señores, gracias por venir a "Cazatalentos, Noche de Estrellas". Y ahora quisiera presentarles a la persona que lo hizo todo

posible… nuestra muy talentosa directora. Sin ella, no habría sido posible la presentación de esta noche.

¡Así que la profesora de Margarita había regresado! Qué bueno saber que los bebés nacían tan rápido, por si acaso algún día decido tener uno, lo cual no pasará.

La directora Gamba se acercó y puso la mano sobre el telón del lado. Yo me bajé de un salto de la silla de director para hacerle campo a la profesora de Margarita, aunque todavía no la había visto.

—Señoras y señores —dijo la directora Gamba abriendo el telón—, ¡por favor un gran aplauso para... *Clementina*!

Fue tal mi sorpresa que simplemente me quedé allí boquiabierta. Todos los de tercero y cuarto grado me miraban fijamente... con ojos agradecidos y grandes sonrisas.

Luego comenzaron a aplaudir, al principio de manera normal, y después con más y más entusiasmo. Muy pronto lo estaban haciendo tan fuerte que temí que a los niños más delgaduchos se les fueran a romper las muñecas.

Después el público comenzó a aplaudir como loco también, y parecía que nunca iba a parar. El sonido era tan fuerte que las orejas casi se

me despegan de la cabeza. Pero no me importó, porque ahora sí sabía cómo se sentía que la gente lo aplaudiera a uno: B-I-E-N, *bien*.

Capítulo 10

De regreso a casa, mi mamá no hizo más que negar con la cabeza, tan sorprendida estaba.

—¡No puedo creer que hayas guardado esto en secreto toda la semana, querida! ¡Estuviste increíble!

Mi papá me miró por el espejo y me guiñó el ojo.

—Es más increíble de lo que crees —le dijo a mi mamá—. Sí, contamos con una hija muy talentosa.

Campeona, estamos muy orgullosos de ti.

Luego miró a mi mamá y arqueó las cejas. Ella asintió y sonrió.

—¿Clementina, estás cansada? —preguntó ella—. ¿Crees que podrías quedarte levantada un poco más tiempo de lo usual?

—No estoy cansada —contesté. ¿Necesitan que espíe a la niñera? ¿Qué me asegure de que no fuma cigarros, o hace compras por Internet? ¿Creen que está haciendo llamadas a Australia?

Cuando crezca es posible que sea detective privada.

—No. No tenemos problemas con la niñera. Queríamos saber si te gustaría venir a comer con nosotros al Ritz —dijo mi papá.

—¿De verdad? —pregunté—. ¿Y el maní?

Generalmente, cuando mis papás salen de noche, debo velar porque la niñera no traiga maní y lo dejé por allí. Brócoli es alérgico y si se come sólo un grano de maní, es probable

que la nuca se le infle o le pase algo
y haya que llevarlo al hospital.

—Hablaremos con la niñera —dijo mi papá.

—No sé —dije.

Mi hermano nunca se había que-
dado con la niñera sin que yo estuviera allí para salvarle la vida.

—No te preocupes, Clementina
—dijo mi mamá—. Estamos seguros
de que la niñera tendrá cuidado. De
verdad queremos que vengas. Después de todo, ni siquiera iríamos si
no fuera por ti.

Así que dije que bueno, y fuimos a
casa y mis papás se pusieron aun más
elegantes. Yo no, porque yo ya me
veía estupenda. Mi mamá se puso
sus zapatos nuevos, y yo creí que mi
papá se iba a hacer daño en la cabeza de tanto agitarla y decir "¡Caramba!".

Cuando la niñera llegó, mis papás
le dijeron y le repitieron del maní. Y
yo también se lo dije y se lo repetí.
Luego mi papá miró su reloj y dijo:

—Tenemos una reservación…
—y entonces nos despedimos.

Pero cuando llegamos al vestíbulo, sentí que no podía irme.

—Espérenme aquí —dije.

Me devolví al apartamento, tomé uno de los marcadores permanentes de mi mamá, y le escribí a mi hermano en la frente, en letras mayúsculas azules: "¡NO ME DEN MANÍ!"

Después me sentí bien.

Camino al restaurante, mis papás me preguntaron qué quería comer. Siempre lo hacen para que yo no tenga que mirar el menú y así evitar el problema de no poder decidir.

—Una hamburguesa y puré de papa —dije.

—De acuerdo —dijo mi papá.

Y así fue. Mis papás pidieron una

comida de la cual yo jamás había oído. Luego el mesero dijo:

—¿Y para la señorita?

(Esa era yo).

Mi papá pidió otra comida de la cual yo tampoco había oído, pero cuando esta llegó, ¡era una hamburguesa y puré de papa!

—Um, por favor —dije muy cortésmente. ¿Podría ordenar unas galletas saladas?

El mesero negó con la cabeza.

—Lamentablemente, no tenemos galletas Ritz en el Ritz. Este es uno de los mayores misterios del universo.

No quería que se sintiera avergonzado al respecto, así que le dije que de todos modos su restaurante me gustaba mucho. Y también le dije que era un muy buen mesero, y que tenía mucha empatía.

Esto era cierto, porque toda la noche adivinó todo lo que yo quería y nunca tuve que levantarme a pedir nada, ni siquiera la salsa de tomate.

Por ejemplo: justo cuando termi-
nábamos la comida y yo estaba pensando en el postre, apareció por arte
de magia.

—Tengo tres postres para ofrecer-
les —dijo—. La torta de crema, la
crème brûlé y el pastel de chocolate
aterciopelado.

Me imaginaba a mis papás pensando: "Ay no, ahora comienza el
problema de escoger".

Pero mientras el mesero describía
los postres, se me acercó y con su
lápiz señaló en mi menú uno de los
postres. Yo lo miré y le guiñé el ojo.

—Yo quiero el pastel de chocolate aterciopelado —dije.

Mis papás se miraron con cara de
"no lo creemos". Luego pidieron los
otros dos postres.

Mi papá pidió la *crème brûlé*, nombre que en francés se le da a un flan
de vainilla al que le ponen caramelo
con un soplete. Les juro que así es.

La torta de crema de mi mamá estaba decorada con rebanadas de clementina.

—La clementina es una fruta dulcísima, ¿no es así? —dijo el mesero.

—¡Siempre he pensado eso! —dijo mi mamá sonriendo y mirándome. Luego tomó un bocado de su postre y dijo:

—No puedo más. ¡Estoy más que satisfecha!

Mi papá también tomó un bocado y dijo:

—Lo mismo yo. ¡He comido suficiente!

¡Luego ambos pusieron sus platos enfrente de mí! Y allí estaba yo, en el restaurante Ritz que no tiene galletas Ritz, con tres postres delante de mí.

—Creo que este es el día más suertudo de mi vida —les dije a mis papás.

Después mi mamá me susurró al oído:

—Quítate los zapatos.

Así lo hice, y entonces, en secreto, se quitó sus zapatos color violeta tan poco prácticos y con libélulas, y me los deslizó por debajo de la mesa. Y yo los tuve puestos durante el resto de la comida, pero nadie se dio cuenta porque los mantuve bajo el mantel, incluso cuando el mesero vino a traerme más crema batida.

Bueno, tengo que admitir que es posible que cuando el mesero vino con la crema batida, una de las libélulas se viera un poquito.